Francisco's Kites

Las cometas de Francisco

by / por
Alicia Z. Klepeis

illustrations by / ilustraciones de
Gary Undercuffler

Spanish translation by / Traducción al español de
Gabriela Baeza Ventura

Piñata Books
Arte Público Press
Houston, Texas

Publication of *Francisco's Kites* is funded by a grant from the City of Houston through the Houston Arts Alliance. We are grateful for their support.

Esta edición de *Las cometas de Francisco* ha sido subvencionada por la ciudad de Houston a través de la Houston Arts Alliance. Les agradecemos su apoyo.

¡Piñata Books están llenos de sorpresas!
Piñata Books are full of surprises!

Piñata Books
An Imprint of Arte Público Press
University of Houston
4902 Gulf Fwy, Bldg 19, Rm 100
Houston, Texas 77204-2004

Cover design by / Diseño de la portada por Bryan Dechter

Klepeis, Alicia, 1971- author.
     Francisco's kites / by Alicia Z. Klepeis ; illustrations by Gary Undercuffler ; Spanish translation by Gabriela Baeza Ventura = Las cometas de Francisco / por Alicia Z. Klepeis ; ilustraciones de Gary Undercuffler ; traducción al español de Gabriela Baeza Ventura.
        p.   cm.
     Summary: Francisco misses his village in El Salvador, and especially flying a kite with his friends, but Mamá cannot afford to buy a kite so he gathers discarded materials around his apartment building and makes his own, which catches the eye of a store owner and leads to a wonderful project.
     ISBN 978-1-55885-804-6 (alk. paper)
     [1. Kites—Fiction. 2. Recycling (Waste)—Fiction. 3. Handicraft—Fiction. 4. Salvadoran Americans—Fiction. 5. Homesickness—Fiction. 6. Spanish language materials, Bilingual.] I. Undercuffler, Gary, illustrator. II. Ventura, Gabriela Baeza, translator.
III.   Title. IV. Title: Cometas de Francisco.
     PZ73.K549 2015
     [E]—dc23
                                                                                                                              2014037599
                                                                                                                              CIP

∞ The paper used in this publication meets the requirements of the American National Standard for Permanence of Paper for Printed Library Materials Z39.48-1984.

Printed in China in October 2014–January 2015 by Creative Printing USA Inc.
12 11 10 9 8 7 6 5 4 3 2 1

To my parents, Margaret and Geoff Zaks, for their encouragement of all my pursuits and adventures …
—AZK

For Diana
—GU

Para mis padres, Margaret y Geoff Zaks, por apoyar todas mis metas y aventuras …
—AZK

Para Diana
—GU

Francisco sat looking out his bedroom window. *I miss Alegría,* he thought to himself.

"Francisco, why are you just staring out the window on this sunny summer day?" his mamá asked and sat beside him on his bed.

"I wish we never left Alegría." Furrowing, Francisco continued to stare off into space.

"I know you miss your friends, love. You'll make new ones once you start school in September."

Francisco estaba sentado mirando por la ventana de su cuarto. *Extraño Alegría,* pensaba.

—Francisco, ¿por qué quieres estar mirando por la ventana en esta linda tarde de verano? —preguntó su mamá y se sentó a su lado en la cama.

—Me hubiera gustado no habernos ido de Alegría. —Con el ceño fruncido, Francisco continuó mirando hacia la nada.

—Sé que extrañas a tus amigos, mi amor. Pero tendrás amigos nuevos cuando empieces a ir a la escuela en septiembre.

Francisco nodded but said nothing. He was remembering how much he loved to fly kites in the park in his village. One time Tío Mateo came to visit from the United States and brought him a fancy bird-shaped kite. Francisco flew that kite every day—after school, on the weekends, whenever he had the chance. All of his friends in Alegría took turns flying it on windy days. They were never as careful with the kite as he was, nor as expert a kite flyer.

"I want to fly a kite, Mamá."

"Francisco, you know I don't get paid for another two weeks. I've spent a lot of money buying furniture, food and clothes for us here. Maybe a walk would do you some good."

Francisco asintió pero no dijo nada. Estaba recordando cuánto le gustaba volar cometas en el parque de su pueblo. Una vez, el Tío Mateo vino de Estados Unidos para visitarlos y le trajo una elegante cometa en forma de pájaro. Francisco voló esa cometa todos los días: después de la escuela, los fines de semana, cada vez que tenía oportunidad de hacerlo. Todos sus amigos en Alegría se turnaban para volarla en los días de viento. Ninguno era tan cuidadoso con la cometa como él, ni tan experto en volarla.

—Quiero volar una cometa, Mamá.

—Francisco, ya sabes que no me pagarán hasta dentro de dos semanas. Ya gasté mucho dinero en comprar muebles, comida y ropa para que vivamos aquí. Tal vez deberías salir a dar una vuelta.

Francisco sluggishly put on his sneakers and a hat. He stuffed a plastic bag into his pocket, as he always did before going out. After all, one never knew when a treasure would appear.

"See you later, Mamá. I'm going to walk around the block. I'll be back before lunch."

"Okay, Francisco. Don't go past the movie theater or the library."

In front of his apartment building were heaps of junk—soda cans, shredded plastic wrap, chicken bones. *Gross.* Eyes looking down, Francisco scoured the streets and alleys, searching for something special. *If Mamá can't buy me a kite, maybe I can make one,* he thought. *In El Salvador, we used to make wire toys and tin can cars all the time.*

Francisco se puso los tenis y un sombrero, lentamente. Se metió una bolsa de plástico en el bolsillo, como siempre lo hacía antes de salir. Después de todo, uno nunca sabía qué tesoro se podría encontrar.

—Nos vemos, Mamá. Voy a dar una vuelta alrededor de la manzana. Regresaré antes del almuerzo.

—Muy bien, Francisco. No vayas más allá del cine o la biblioteca.

Enfrente de su edificio de departamentos había montones de basura: latas de refrescos, trozos de envolturas de plástico, huesos de pollo. *Guácala.* Mirando hacia el suelo, Francisco rastreó las calles y callejones, buscando algo especial. *Si Mamá no me puede comprar una cometa, tal vez yo puedo hacer una,* pensó. *En El Salvador, siempre hacíamos juguetes de alambre y carritos de lata.*

They went to the basement where people left their garbage, recycling and things to share. Francisco pulled out several scraps of wood, all different lengths and thicknesses.

Francisco took his supplies into his bedroom. He spread everything on the floor, scanning the pile for useful objects. He made a rough cross shape with wire. Then he made the outer diamond part from balsa wood scraps. With his small pocketknife, he carefully made a little hole at the bottom of the wood frame to pull the string through.

"What are you working on, Francisco?"

"Top secret, Mamá. I have to test out my invention tomorrow. If it works, I'll show you."

Fueron al sótano donde la gente dejaba su basura, reciclaje y otras cosas que quisieran compartir. Francisco sacó varios pedazos de madera, de distintos tamaños y grosor.

Francisco puso los materiales en su recámara. Desparramó todo en el suelo y revisó la pila de objetos para ver qué le serviría. Hizo una áspera cruz con el alambre. Después armó la parte externa del diamante con los trozos de madera. Con su pequeña navaja, cuidadosamente hizo un hoyito en la parte inferior del marco de madera para pasar el cordel.

—¿En qué estás trabajando, Francisco?

—Es un secreto, Mamá. Mañana pondré mi invención a prueba. Si funciona, te la mostraré.

Mamá kissed his forehead and said, "I have to get ready for work. Have fun tonight with Tío Mateo. Tomorrow morning is church, okay?"

"Okay, Mamá."

The next day, during the service, Francisco could only think about his kite. He imagined it soaring toward heaven. He also wondered where he should try it out, whether it would work and if anyone would laugh at him.

Mamá lo besó en la frente y dijo —Ya me tengo que preparar para ir al trabajo. Qué te diviertas esta noche con el Tío Mateo. Mañana hay que ir a la iglesia, ¿okay?

—Está bien, Mamá.

Al día siguiente, durante el servicio, Francisco no podía dejar de pensar en su cometa. Se imaginaba que volaba hacia el cielo. También pensaba en dónde la volaría, si iba a funcionar y si alguien se reiría de él.

After church, Francisco quickly changed out of his dress clothes. He grabbed his kite, said a quick goodbye to Mamá and headed out the door. He only had an hour or so before dinner.

Francisco jogged the three blocks from his apartment complex to Sunnydale Park. He gently unraveled the string. There wasn't much wind. He needed a bit more momentum to keep the kite aloft. One, two, three . . . Francisco started running and the kite rose up into the air. Eyes half-squinting, he feared it might crash down. Luckily, it worked great! The kite wasn't beautiful, but it flew. He darted about, making the kite fly up and down, spin in the air, even make loops.

After dinner, he took Mamá to the park to show off his creation. "That's brilliant, Francisco! I'm so proud of you."

Después de la iglesia, Francisco se cambió de ropa con rapidez. Tomó su cometa, se despidió de Mamá y salió de la casa. Disponía de una hora, más o menos, antes de la cena.

Francisco trotó las tres cuadras desde su complejo de departamentos al parque Sunnydale. Cuidadosamente soltó la cuerda. No había mucho viento. Necesitaba un poco más de impulso para mantener la cometa en el aire. Uno, dos, tres . . . Francisco empezó a correr y elevó la cometa en el aire. Con los ojos entreabiertos, temió que cayera de golpe al suelo. Pero por suerte, ¡funcionó de maravilla! La cometa no era linda pero volaba. Corrió de un lado a otro haciendo que la cometa subiera y bajara, girando en el viento, hasta dando vueltas.

Después de la cena, llevó a Mamá al parque para mostrarle su creación. —¡Es genial, Francisco! Estoy muy orgullosa de ti.

Over the next week, Francisco hunted for kite materials and set up a storage area in the corner of his room. He walked all over his neighborhood, uncovering gems like gold wrapping paper and old bicycle tassels. He turned these treasures into a fantastic dragon kite.

While Francisco was flying the golden dragon kite on Saturday, a white-bearded man approached him. He recognized the man from church. "What a neat kite! Where did you get it?"

"I made it out of scraps," Francisco replied.

"Really?" The man smiled broadly. "I run a recycled goods store outside of Chicago. Would you be able to make 20 for me to sell in my shop? I could pay you $4 per kite. I'd need to pick them up in 3 weeks. What do you think?"

Durante la siguiente semana, Francisco buscó materiales para cometas e instaló un pequeño almacén en la esquina de su cuarto. Caminó por todo el barrio, descubriendo joyas como papel de regalo color oro y unas viejas borlas de bicicleta. Transformó ese tesoro en una fantástica cometa en forma de dragón.

El sábado, mientras Francisco volaba la cometa del dragón dorado, se le acercó un señor de barba blanca. Francisco lo reconoció de la iglesia. —¡Esa cometa está fantástica! ¿Dónde la conseguiste?

—La hice con basura que reciclé —respondió Francisco.

—¿En serio? —El hombre sonrió de oreja a oreja—. Yo tengo una tienda de productos reciclados en las afueras de Chicago. ¿Me podrías hacer unas 20 para venderlas en mi local? Te podría pagar $4 por cada una. Las tendría que recoger en tres semanas. ¿Qué dices?

Francisco's head spun with a million thoughts. *Twenty kites. Four dollars. Three weeks. Can I get enough stuff for that many kites?* Finally, he managed to sputter, "Sure. I can do that. How will I get them to you?"

"I can pick them up, son. Here's my business card with the name of the shop, my email and phone number. Call me if you or your mamá have any questions. When the kites are done, just give me a ring. You make great kites!" The man drove away in a beat-up old VW Beetle with tons of bumper stickers.

La cabeza de Francisco dio vueltas con un millón de pensamientos. *Veinte cometas. Cuatro dólares. Tres semanas. ¿Podré conseguir suficientes materiales para hacer todas esas cometas?* Al final, logró balbucear —Sí, claro. Lo puedo hacer. ¿Cómo se las entregaré?

—Yo puedo recogerlas, hijo. Aquí está mi tarjeta de presentación con el nombre de mi tienda, mi correo electrónico y mi número de teléfono. Llámame si tú o tu mamá tienen cualquier pregunta. Cuando las cometas estén listas, denme una llamadita. ¡Haces cometas fabulosas! —El hombre se alejó en un viejo Volkswagen con un montón de calcomanías.

Francisco raced home and told Mamá all about the man, his orange car *and* the $4-per-kite deal. She had a puzzled look on her face. "Wow, that's a lot of money, Francisco. The address on the card is near my work. I'll check it out, okay? But if you want to start working on the kites, go right ahead."

The next morning when Mamá came home from work, she said, "Well, I never would have believed it but Mr. Morales told me $80 for 20 kites. He gave me $10 as an advance in case you need any supplies like glue. He sure is a nice man, isn't he? Good for you, Francisco! What a cool project!"

Francisco corrió a casa y le contó a Mamá todo sobre el hombre, su carro color naranja y el trato de $4 por cometa. Ella lo miraba con incredulidad. —Híjole, eso es mucho dinero, Francisco. La dirección de la tarjeta está cerca de mi trabajo. Voy a echarle un vistazo hoy, ¿de acuerdo? Pero si quieres empezar a trabajar en las cometas, puedes hacerlo.

A la mañana siguiente, cuando Mamá regresó del trabajo, dijo —Bueno, jamás lo habría creído pero el señor Morales me dijo que pagaría $80 por 20 cometas. Me dio $10 como anticipo, en caso de que necesites comprar materiales, por ejemplo pegamento. Es un hombre muy amable, ¿verdad? ¡Muy bien, Franciso! ¡Qué proyecto más chivo!

Over the next couple of weeks, Francisco scoured Oak Ridge for supplies. His mom even took him to different neighborhoods on her days off. He found materials that he turned into butterfly, dragon and even spaceship-themed kites. He worked every day and tested all of them to be sure they flew properly. Finally, they were finished.

En las siguientes dos semanas, Francisco exploró Oak Ridge en busca de materiales. Su mamá hasta lo llevó a distintos barrios en sus días libres. Encontró materiales que transformó en cometas en forma de mariposa, dragón y hasta de cohete. Trabajó todos los días y probó todas las cometas para asegurarse de que volarían correctamente. Finalmente, estaban listas.

Mr. Morales picked up the kites at Francisco's apartment. "Beautiful job, Francisco. They look magical. I'll bring them to the shop tomorrow. Here's your money. Thank you very much."

"You're welcome, Mr. Morales. Thank you!"

Mr. Morales headed to his car. Jam-packed with the kites, it looked like a circus car full of colorful streamers.

"What are you going to do with all that money, Francisco?" Mamá asked, grinning.

"Tomorrow I'd like to go to the hardware store to buy some thin wire, fishing line, strips of balsa wood and a big bottle of glue. Those things are hard to find in the trash. Then on your next day off, let's go to that Salvadoran restaurant we read about in the newspaper."

El señor Morales recogió las cometas en el departamento de Francisco. —Buen trabajo, Francisco. Parecen mágicas. Las llevaré a la tienda mañana. Aquí está tu dinero. Muchas gracias.

—De nada, señor Morales. ¡Gracias!

El señor Morales caminó hacia su auto. Con todas las cometas dentro, parecía un carro de circo lleno de serpentinas de colores.

—¿Qué vas a hacer con todo ese dinero, Francisco? —le preguntó Mamá, sonriendo.

—Mañana me gustaría ir a la ferretería a comprar alambre delgado, caña de pescar, pedazos de madera de balsa y un frasco grande de pegamento. Es difícil encontrar esas cosas en la basura. Y en tu próximo día libre, vayamos al restaurante salvadoreño del que leímos en el periódico.

"You mean Suchitoto? That's on the other side of Chicago."

"I have enough money for bus fare. We could share a bowl of *sopa de patas*, some *empanadas* and maybe even have a slice of *tres leches* cake for dessert. What do you think?"

"That sounds fantastic, Francisco! A reward for all your hard work. It will be like our summer vacation field trip, eh?"

—¿Te refieres a Suchitoto? Ése está al otro lado de Chicago.

—Tengo suficiente dinero para el viaje en autobús. Podríamos compartir un plato de sopa de patas, unas empanadas y hasta una rebanada de pastel de tres leches para el postre. ¿Qué dices?

—¡Eso suena fantástico, Francisco! Un premio por todo tu trabajo. Será como nuestra excursión de verano, ¿verdad?

Francisco and his mamá loved the restaurant. They also loved being able to talk in Spanish to people and eat their favorite foods. Francisco continued to make recycled kites in his spare time. Mr. Morales contacted him to make more when the first twenty sold out. Francisco even started a kite-flying club at his new school in Oak Ridge. To this day, he continues to enchant people with his homemade kites. He told Mamá that he hopes to own a kite shop when he grows up . . .

A Francisco y a su mamá les encantó el restaurante. También les gustó poder hablar en español con la gente y comer sus platillos favoritos. Francisco continuó haciendo cometas recicladas en su tiempo libre. El señor Morales lo contactó para que hiciera más cuando vendió las primeras veinte. Francisco hasta empezó un club para volar cometas en su nueva escuela en Oak Ridge. Hasta hoy día, Francisco continúa encantando a la gente con sus cometas caseras. Le dijo a Mamá que le gustaría tener su propia tienda de cometas cuando creciera . . .

Alicia Z. Klepeis is a freelance writer who began her career at the National Geographic Society. Her passion for travel has led her from Singapore to Sydney to Sumbawa. A former geography teacher, Alicia is the author of *Africa* (ABDO Publishing) and *Understanding Turkey Today* (Mitchell Lane Publishers). Alicia is currently working on a middle-grade novel, as well as several projects involving international food, American history and world cultures. For more information about Alicia, visit www.aliciaklepeis.com.

Alicia Z. Klepeis es una escritora independiente que empezó su carrera en la National Geographic Society. Su pasión por los viajes la ha llevado de Signapur a Sydney y a Sumbawa. Se desempeñó como maestra de geografía y escribió *Africa* (ABDO Publishing) y *Understanding Turkey Today* (Mitchell Lane Publishers). En la actualidad está trabajando en una novela juvenil, así como en varios proyectos de comida internacional, historia americana y cultura del mundo. Para más información sobre Alicia, visita www.aliciaklepeis.com.

Over the past thirty years, **Gary Undercuffler** has illustrated a wide variety of children's books, textbooks and magazines. He loves to draw in his sketchbooks, do figure drawings, and when no one is listening, play guitar. Gary teaches drawing and computer graphics. As a child, Gary also built many kites out of newspaper, sticks and string, though none so elegant as Francisco's. Gary now lives in Pennsylvania with his wife, Diana.

En los últimos treinta años, **Gary Undercuffler** ha ilustrado varios libros infantiles, de texto y revistas. Le encanta dibujar y, cuando nadie está escuchando, tocar la guitarra. Gary enseña dibujo y diseño gráfico. Cuando era niño, Gary también hacía cometas con periódicos, madera y cordel, aunque no eran tan elegantes como las de Francisco. En la actualidad, Gary vive en Pennsylvania con su esposa Diana.